하나의 생명으로 만난다

남중헌 지음

맑은샘

하나의 생명으로 만난다

초판 1쇄 인쇄 2018년 01월 04일
초판 1쇄 발행 2018년 01월 10일
지은이 남중헌

펴낸이 김양수
편집·디자인 이정은

펴낸곳 도서출판 맑은샘
출판등록 제2012-000035
주소 경기도 고양시 일산서구 중앙로 1456(주엽동) 서현프라자 604호
전화 031) 906-5006
팩스 031) 906-5079
홈페이지 www.booksam.co.kr
블로그 http://blog.naver.com/okbook1234
페이스북 https://www.facebook.com/booksam.co.kr
이메일 okbook1234@naver.com

ISBN 979-11-5778-259-8 (03800)

* 이 책의 국립중앙도서관 출판시도서목록은 서지정보유통지원시스템 홈페이지(http://seoji.nl.go.kr)와 국가자료공동목록시스템(http://www.nl.go.kr/kolisnet)에서 이용하실 수 있습니다.
(CIP제어번호 : CIP2018000562)

책머리에

시라는 장르의 경계를 조심스럽게 깨뜨려 본다. 어쩌면 현대시가 앞으로 계속 이러한 방향으로 변화되어 갈 것으로 확신이 된다. 사실상 내가 쓴 글이 꼭 시이어야 된다는 법은 없다. 시면 어떻고 시가 아니면 어떤가. 오히려 오직 삶의 중요한 국면들을 놓치지 않고 잘 포착하여 나타내기만 하면 된다고 본다. 다만 이것을 쉽고 간결하고 응축된 표현을 하다 보니 대개 이를 시의 범주로 분류하므로 나도 덩달아 시라고 부를 뿐이다.

만약 시의 형식을 포함하고 있다면 이는 오직 시의 내용에 도움이 되어야 한다. 시의 형식이 오히려 그 내용의 표현을 제약하거나 불편하게 하거나 자유로운 표현을 방해하면 바람직하지 않다고 생각한다. 형식보다 더 중요한 것은 '그 표현하려고 하는 내용이 과연 얼마나 의미가 있으며 또한 독자와 얼마나 공감이 되느냐'일 것이다. 단순히 시를 위한 시는 시간 낭비일지도 모른다.

시에 대한 영역을 이렇게 한번 넓혀 보려고 하자, 온갖 것이 모두 시의 표현의 대상이 되는 듯하다. 이로써 전과 다르게 많은 주제들을 등장시킬 수 있었고 시의 미개척 분야가 활짝 열리는 것 같았다. 학문, 철학, 종교, 인생관, 정치, 경제, 사회문제 등에 관한 주제들도 역시 시의 영역으로 대폭 확장해 나타내 볼 수 있었다.

이 책은 필자의 두 번째의 시집이다. 여기에는 첫 번째의 시집에 함께 담지 못하고 남겨놓았던 초안들을 수정하여 실었다. 그리고 나머지는 최근에 쓴 것들이다. 평소에 나의 글을 좋아하며 기다리는 몇몇 팬들의 격려에 힘입어 또 감히 출판의 용기를 가져 보았다.

이 책을 내기까지 나의 원고를 읽고 여러 가지 조언을 아끼지 않았던 '창작애' 회원들과의 교류의 시간들은 매우 소중한 기억으로 남아 있다. 표지의 앞뒤로 자신의 그림을 흔쾌히 허락해 주신 원수진 화가님께 그 고마움을 잊을 수 없다. 그리고 이번에도 기꺼이 정성스럽게 이 책을 출판해 주신 맑은샘 사장님께도 심심한 감사의 말씀을 드린다.

2018년 1월 6일
울주군 못안못 노거정에서
저자 남중헌 씀

차례

남녀관계 이전에

그는
남자이기 이전에
인간이었다

그녀는
여자이기 이전에
인간이었다

우리는
모두

남녀관계 이전에
더 근본이
인간관계였다

멋진 아줌마

저 아줌마
별로 눈에 띄지 않아도

아들 낳아
지금까지 다 키워서
얼마 전에
군대 보냈대

오늘은
휴가 나오는
건장한 자기 아들을 위하여
반찬 사러 시장에 간대

그래서 바쁘단다

멋진 아줌마

고헌산

영남알프스 산맥에
가지산
능동산
간월산
신불산
천황산
재약산 등

명산들이 모두 사이좋게
연결되어 있다

별도로
저 멀리 따로 떨어져 있는
고헌산은

왕따를 당했나 보다

마음이 아파서
더 관심이 가네

봄기운

추위가 자꾸
떠나기를 주저하지만

어느덧
봄기운은
성큼 다가와

온 천지에
만연한 듯

계절의 바뀜은
어쩔 수 없는 일

추위여, 안녕

입춘(立春)

오늘이 입춘인데도
출근길에
눈이 살짝 내려
마음을 산란케 하네

봄이
어딘가에 숨어서
밖으로
나갈까 말까

눈치를 보고 있는가 보다

겨울의 끝자락이
지금부터
점점 멀어져 간다.

일

파도가 밀려온다
파도가 빠져나간다

밀려오는 파도보다
빠져나가는 파도가 약하면

파도가 결국
내가 서 있는
자리를 덮쳐버린다.

일이 밀려온다
일이 빠져나간다

밀려오는 일보다
빠져나가는 일이 적으면

일이 결국
나의 삶을
삼켜버릴 것이다.

자신감

스스로의 생각에
자신감이 있으면

과학을 따르고

스스로의 생각에
자신이 없으면

신을 믿는 것 같다

이 경우
과학과 신은
서로
물과 기름과 같다.

공주마마

봄은
허영과 사치를 좋아하는
공주마마인가 봐

온 산과 들에
연두색 배경을 두르고
여기에 무수한
꽃 향연을 베풀고

종달새 개구리 벌과 나비 등
대규모의 수행원을
반드시 데리고 온다

혼자서
조용히 겸손하게
다가오는 법이 없다.

맑은 바람

홀로 사는
늙은 농부

새벽에 일찍 밥해 먹고
밭에 나가
하루종일 일한다

낮에 잠시 밭둑에 앉아
준비해 온 삶은 고구마를
김치와 함께 먹는다

오직 들판을 가로지르는
한줄기 맑은 바람만을 만난다

다시 석양이 완전히 질 때까지
묵묵히 일한다

드디어 지친 몸을 이끌고
집에 돌아와
저녁 먹고
샤워하고
깊이 잠에 떨어진다

오늘은
어느 누구와
한마디도 말하지 않았다

아마도
내일도
그럴 것이다

비 온 뒤

비 온 뒤에
더욱
초록빛이 됩니다

산뜻한 기분

사랑을
꼭 만날 것 같은 하루

그리고 녹음이
매우 눈부신 날

배밭

과수원에
배꽃이 만발하였고

밤이 되니
밝은 달이 떠올라
휘영청 이곳을 비추고 있다

여기에
아름다운 여인의 자태만 더해지면

삼위일체로
완벽하게
서로 어울리는 정경일텐데

그대신
이제서야 늦게 일손을 멈춘
단지 한 늙은 무심한 농부가
피곤한 몸으로

모자를 벗고

예초기를

창고 안에 집어넣고 있구나

원죄

내 평생에
내 한 목숨을 위하여
그 무엇을
얼마만큼이나 먹어치웠을까

동물들은 얼마나 먹어 치웠을까
소는 몇 마리
돼지는 몇 마리
개는, 닭은, 오리는, 개구리는, 물고기는
등등

식물들은 얼마나 먹어 치웠을까
배추는 몇 포기
무우는 몇 포기
상추는, 양파는, 부추는, 시금치는, 고구마는
등등

생명현상이란
본래 이기적이며
늘 다른 생명을 파괴하고 희생시킨다

만약 다른 생명을 해치는 것이 죄라면
이 세상을 살아가는 것 자체가
원죄일진저

배꽃

따스한 봄날
비 온 뒤에
과수원의 배꽃이 활짝 피었다

주위가 온통
하얀꽃의 바다를 이룬다
그 한가운데에
나의 온 몸이
풍덩 하며 빠져들었다

아무도 보이지 않지만
배꽃들은
나를 쌍수로 환영하듯
조잘조잘
무수한 대화를
나에게 건네는 것 같다

그야말로
환상의 세계다
이 느낌을 누구에게 전해야 하나
지금 혼자 보기가
너무 아깝다

배꽃은 며칠 지나지 않아
모두
사라져 버리겠지

맛 좋은 배

봉지를 씌워
피부가 곱고 잘 생겼지만

맛없는 배

햇볕을 많이 쬐어
피부가 거칠고 못생겼지만

맛좋은 배

이것도 양자택일의
문제인 것 같다

심장마비

올 테면 오라
너를 피하지 않으마

순식간에 와서
비명 지를 사이도 주지 말고

나를 죽음으로
인도해다오

마지막 인생의 숙제를
쉽고 깨끗하게 처리만 해 준다면

오히려 고마우이

올 테면 오라
너를 피하지 않으마

단순화

인생을
자꾸만
복잡하게 펼쳐서
사는 사람

하나님께서
하늘나라로 데려가시며

강제로
단순화시킨다

유리항아리

인생은
매우 깨어지기 쉬운

유리항아리

언제나
소중하게 다루어야 한다.

지금 잘 나간다고
방심은 절대금물

조심조심
발걸음을 옮겨야 한다.

자칫하면
한번에
박살이 나서

모두가
산산조각이 될 수도 있다.

백일 동안의 사랑

만약
당신과
오직 딱 백일 동안만
사랑하다가

서로 깨끗이 헤어질 것을
제안한다면

받아들이시겠습니까

좋아요. 못할 것 없죠

다만
무조건 헤어진다는 것이
진짜로 확실하다면

천국

그리운
옛날
그 시절로

되돌아가고 싶다

천국이
따로 없다

그리움이 머무는

그때 그곳이
바로
천국인 것을

친환경

친환경 한답시고
농작물 죽이는 것

이해가 잘 안 돼요.

그건 친환경이 아니라
친자기이겠죠

자기는 아플 때에

병원 필요 없고
약도 안 먹는가요

고사 직전의 농작물에
농약을 쳐주면

드디어 살았다고

얼마나 좋아서
환호성을 지르는데도

잠깐만요

제가 지옥에 가는
한이 있더라도

저 놈이 망하는 꼴은
꼭 봐야겠습니다

저의 소원을 들어주소서

신께서 말씀하시기를

네 뜻대로 될지어다

그대신 너의 영혼은
물론 지옥에 떨어질 것이다

정말 후회가 없겠느냐

내가 셋 셀 동안
다시 생각해 보거라

하나

둘

세엣

잠깐만요

주렁주렁

배밭을
사랑하는 남자

배나무와
이야기하고
쓰다듬어 주고
안아주기도 하는

그 남자 덕분에

배나무 여인은
열매를
주렁주렁

걱정도 팔자야

어느 식당의
단골손님

이렇게 자주
만나다가
서로 정들면 어떡하죠

여사장 대답 왈

걱정도 팔자야

겨우 알만하니

신이 누구이신지

여자가 무엇인지
세상사가 어떠한지

이제
어렴풋이나마

겨우 알만하니

내 인생이
다 끝나버리는구나

몸무게

100 사이즈의 옷들

모두 정리하여
따로 보관하였다

그대신

105 사이즈의 옷들을
대거 새로 구입하기로 했다

100 사이즈 옷들이여
안녕

가급적
조만간

내 몸무게가
줄어들 때에 다시 보자꾸나

그리운 사람들

눈 감으면
떠오르고

너무 그리워
만나보고 싶은 사람들

대부분

벌써
이 세상을 떠나서

저 세상에
가서 계시네

인간관계

남녀관계는
짧지만

인간관계는
길다

천둥번개

비가와도
농부는 전혀 아랑곳하지 않고
우비를 입고
계속 들판에서 일한다

단지
천둥번개가 치는 날은
예외이다

혹시나 사후에
벼락 맞아 죽었다는
그 불명예가 너무나 두려워서

구더기

나는 왜
남에게 혐오감만 줄까

전생에
무슨 죄가 있어서
구더기로 태어났나

인간들은
잘사는 집에서 나면
금수저

못 사는 집에서 나면
흙수저라던데

그러면
나는 완전 똥수저로구나

누가
내 신세만큼이나 못할까

가까스로
날개를 달고
파리가 되어 비상하게 되어도

거기서 거기
결코
나비의 대접은 받지 못하는걸

해변

무더위가 계속되니

해수욕장에
사람들이
바글바글

이제 곧
쌀쌀한 바람이 불면

해변에 아무도 보이지 않고
황량한 모래밭에
갈매기 떼만
슬피 울겠지

황혼의 세월로 접어드는
내 마음
쓸쓸한 해변과 같아

동물원의 사자

사자가 낮잠을 자고 나서
긴 하품과 기지개를 하였다
잠을 깰 때까지 기다리던 조련사가
마침내 인사말을 하면서 다가간다
어김없이 맛있는 먹이를 제공하고는
사자 목덜미를 쓰다듬고
옆 뺨에 입맞춤도 한다

많은 사람들이 사자를 구경하며 좋아한다
어린아이들도 우리 주위 가까이 오라고
사자에게 손짓하고 외친다
매일매일 이처럼 평화롭기만 하다
모두 동물 사랑이 넘친다

어느 날 사자는 너무 심심하여
우리를 부수고 몰래 빠져나왔다
우리 밖으로 나오니
사람들의 태도가 갑자기 돌변하였다
모두 비명을 지르고 난리가 났다

자기를 여전히 좋아할 줄 알았는데
사자 자신도 몹시 놀랐다

이제 그 사자에게 기다리는 건
오직 몽둥이와 칼과 총 뿐이었다
조련사마저도 함께 총을 들었다
사자는 도망치려고 동물원의 담을 넘는 순간
그만 수 발의 총에 맞아 즉사했다

때

만날
때가 있고

헤어져야
할 때가 있다.

인생은
강물과 같이

흘러가는 것

무리한
억지의 미련은

허무만
초래할 뿐

두 농부

생존을 위하여
필사적으로
농사를 짓는 농부와

목가적인 전원생활을
즐기며
소일삼아
농사를 짓는 농부는

서로
전혀 다른 부류의
농부들이다

다만 농사를 짓는다고
두 농부를
똑같이 간주하면 안된다.

자랑

누군가가
어느 유명한 정치인을 잘 안다고
자랑을 하였다

그 증거로
어느 식당 앞에서
함께 찍은 사진을 보여 주었다

상대방은
미국의 하버드대학교와 인연이 있다고
자랑하였다

그 증거로
경영대학원 화장실 앞에서
아들과 함께 찍은 사진을 보여 주었다

둘은 서로를
가소롭다는 눈빛으로
노려보고 있다

데이트

왜 만나자고
했냐고요

특별한 이유
없어요

다만
그대의 아름다움을

새롭게
발견했기에

무조건

무조건
만나자고 했습니다.

지금
그렇게 하지 않으면

먼 훗날
두고두고

또
후회할지도
모르기 때문에

송아지

요즘 송아지는
평생 우리에서 사료만 먹고
커서도 일을 하지 않는다

그대신
마지막 때
도축되어
고기와 가죽을
제공하게 된다

훗날
인간들에 의하여

잔인한 죽음만이
기다리고 있는
순진한 송아지들의
눈망울을

차마 불쌍해서
똑바로
쳐다보지 못하겠구나

꿈 깨라

그 사람이
지금 나와의 이별을
후회할 것이라고

지금 나를
그리워할 것이라고

지금 나를
기다리고 있을 것이라고

꿈 깨라

그 사람
결코
그럴 사람 아니다

자꾸
자기중심으로만
생각하면

이것은 오직 망상일 뿐

나의 운명

내가
가야 하는
나의 운명이

다른 사람들과
다르다는 것을

그래서
비교할 필요가
전혀 없다는 것을

깨닫는 데에

무려 평생이
걸렸다

흉내

사랑을
흉내 내는 자

자신의
희생정신을

평소에
과대평가 했네

막상
현실에 부딪히자

주춤주춤
거리네

우주의 마음

사람의 마음처럼

조직에도
마음이 있다

국가에도
마음이 있다

더 나아가
우주에도
마음이 있다

사람 조직 국가 우주
모두 마음이 있다

서로 닮았다

'모든 관계의 구조적 특성'은
이들의 공통분모

우주의 마음을 파악하면
우주를 더 잘 이해할 수 있다

우주의 마음이
바로 신(神)일 것

단둘이

단둘이 있어도
아주 마음이 편하면

서로 친한 것이다

둘 사이에
다른 사람이 함께해야만
더 마음이 편하면

그만큼 덜 친한 것이다

좋은 사람

미국 사람 중에는
좋은 사람이 있고 나쁜 사람도 있다

중국 사람 중에는
좋은 사람이 있고 나쁜 사람도 있다

일본 사람 중에는
좋은 사람이 있고 나쁜 사람도 있다

한국 사람 중에는
좋은 사람이 있고 나쁜 사람도 있다

과연
누가 나에게 더 나은 이웃일까

나라별로 그냥 뭉뚱그려
도매급으로 생각할 일이 아니다

법

법은
국민들이 만든 것이다

법을 무시한다는 것은
국민에게
대항하는 것과 같다

늘
이 정도는 알고
행동해야

연인들

연인들의 대화는

저절로
시와 같다

연인들의 행동은

저절로
소설과 같다

서로의
공감도 충만한데

목하
한창 연애 중일 때는

따로
시와 소설을
쓸 필요가 있을까

고객

시골에 가서
몇 년 머무는 동안

지금까지
가장 많이 만난 여인은
커피숍 아줌마

그 다음으로는
낙지불고기비빔밥식당 아줌마와
코다리비빔냉면집식당 아줌마

삶이 엄중한가
모두 사업정신이 투철하다

그동안 아무리
수십 번 수백 번 만나도

고객은
오직 고객일 뿐

어제와 오늘
한결같이
예의 바르게 대하고 있네

사랑의 척도

사랑이란
서로 하나가 되는 매력 수준

너의 성공이 나의 성공
너의 실패가 나의 실패로 인식되는 만큼

함께하는 시간이 마냥 좋고
헤어지는 시간이 너무 싫은 만큼

너를 위하여
내가 양보하고
내가 손해보고
내가 희생하는 것을
서로 기쁨으로 여기는 만큼

상대의 언행을 신뢰하고
긍정적으로 생각하는 만큼

서로
응집력을 갖는 정도이다

사랑은 결국
하나가 되어
새로 태어나는 제3의 인격체

여유

담장에 과일나무를
심지 않고
오히려

꽃나무를
심는
집주인은

마음에
더 여유가 엿보여서 좋다

불행을 자초한다

아주 돈 많은 사람

그리고 돈으로만
사람을 평가하는 사람

그를
가까이 하면 할수록

불행을 자초한다

쌍욕

시골 이웃에
소를 많이
키우는 아저씨

아침부터
송아지를 향하여

계속
고함을 지르고
쌍욕을 해대지만

그 아저씨를
직접
대면해 보면

더할 나위 없이
겸손하고
부드러운 분

못생긴 과일

과일을 솎아내는
적과의 기준은 여러 개지만

못생긴 과일도
그 기준 중의 하나이다

고객은 까다로우니까

만약 못생겼다고
회사에서 해고시킨다면

매우
부도덕한 일이듯이

과일도 생김에 따라
차별화한다면
마찬가지겠지

환경단체는 여기에도
한마디 해야 하지 않을까

관심

날이 너무 더워서

웃옷을 벗어야겠는데
어쩌나

내 배가 튀어나온 걸 보고
남들이 흉볼지 몰라

부인 왈

천만에
전혀 걱정하지 마세요.

당신의 배가
튀어나오든 말든

아무도 관심을 두지는
않을 테니까요

산계곡

무더위가
이렇게
기승을 부릴 때는

뭐니뭐니해도

산계곡이 최고인 듯

산은
꼭 올라가라고 있는 것이
아니라

산계곡에서
바라보기도 하는 것

선율

고요한 밤

외로운 가슴속으로
울려 퍼지는

아름다운 선율

이 시간
KBS FM 음악은
유일한 반려자

눈물에 흠뻑
젖게 한 다음

활기를 되찾게 하네

사랑의 통역

부모님의 말씀도
외국어처럼
통역이 이루어진다

객지에서 밥 제대로 챙겨 먹어라
무엇보다 건강을 우선시해라
차조심하거라
밤길을 조심해라

모두 자식을
'사랑한다는 뜻'으로 통역된다

농약 치기 좋은 날

오늘은 바람 부는 날
과수원에
농약 치기 좋은 날

농약이 나뭇가지를 스친 후
저 멀리
날아가 버린다

세상사 불행한 일들도
모두 이와 같으면 좋겠다

나를 스친 후
아예 저 멀리 사라졌으면

그래서 다시
되돌아오지 않았으면 좋겠다.

또 버린다

오늘도
또 버린다

일의 효율성
때문도 아니다

돈과도
관련이 없다

다만
깨끗하고
단순하게
정리되는
그 자체가 좋다

행복 중의
한가지다

가을바람아

가을바람아
부드럽게 불어다오

사랑하는 여인의
머리카락이

더욱 멋있게
흩날릴 수 있도록

추억

새로운 사랑은

과거의 사랑을
잊게 한다

새로운 사랑이
없으면

지난날 추억으로
살아간다

옛날의 감자 몇 개

먹고 살기가 아주 힘들었던
옛날에

시골의 한 머스마가
어느 가시나의 치마 속으로

삶아서 아직 따뜻한
감자 몇 개를
몰래 푹 찔러주면서

“이 감자 너만 먹어”

그 가시나는
완전 감동

돌아서는 그 머스마의 뒤통수를
매우 사랑스럽게 바라본다

옛날의 감자 몇 개는

아마도 오늘날
명품가방을 사주는 것보다
더 큰 위력을
발휘했으리라

사랑은 가설

사랑은 가설

진실은 세월의 끝까지 가봐야 안다

환상이 모두 걷히고
점점 실제가 드러나게 되면

사랑의 결과는
결코 장담할 수 없는 법

사랑은 가설

진실은
세월의 끝까지 가봐야 안다

사유의 세계

시각
후각
청각
미각
촉각으로 확인할 수 있는 것이
전부가 아니다

이것은
빙산의 일각일 뿐

오감으로는
알 수 없고

오직
사유로만 인식 가능한
더 큰 세계가
존재한다

매력

식당의
저편 테이블에 앉아 있는
아줌마는
매력덩어리

친구들 사이
대화하는 모습
웃는 표정
제스추어 등

어느 것
하나하나
아름답지 않는 것이 없네

일어설 때
선글라스 낀 모습도
역시
너무 멋있다

뉘 집 아줌마일까
그녀의 남편은
참 행복 하겠네

수분

벌과 나비들이
부지런하게
설치고 돌아다녔기 때문에

과수원의 수많은 꽃들이
골고루 수분 받는 기회를 얻고

많은 열매를 맺는구나

만약
그렇지 않으면

꽃들은 거의 다
헛되이
사라져 버리고 말았을 텐데

참으로 다행이다

사랑의 꿈

옛날에는

사랑의 꿈이
당연한 것

지금은

사랑의 꿈이
사치스러운 것

사랑의 싸움

이기고도
지는 싸움이 있다.

미움의 싸움

지고도
이기는 싸움이 있다

사랑의 싸움

무화과 나무

무화과 나무야

너는 어찌하여
꽃을 한번 피워보지도 않고

벌과 나비와 어울려
전혀 놀지도 않고

아무 낭만도 모른 채

그냥 열매 맺기에만
급급하는고

꼭
공부밖에 모르는
고지식한 학생 같아서

그렇게 살지 말라고
조언을 해주고 싶구나

노인의 사랑

그렇게
그렇게
사랑을 하면서도

한마디의 고백도
전혀
입 밖에
내지 못하고

가슴속 깊은 곳에
꼭꼭
숨겨둔 채

마치 구름 속 달 가듯이
무념무상인 듯

내색을 않고
그냥
스쳐 떠나간다

신(神)

이 세상 만물은
신의 육체

이 세상의 모든 법칙은
신의 성격

이 세상의 모든 것의
'관계의 구조적 특성'은
신의 마음

그리고
신의 뜻은
무조건적 사랑과 구원

신앙의 역설

하나님 보다
인간을
더 사랑하면
인간은 신앙의 목적이 되고

하나님 뜻에
부합한다

인간보다
하나님을
더 사랑하면
인간은 신앙의 수단이 되고

하나님의 뜻에
역행한다

자연스럽지 못하다

강아지에게
옷을 입히는 것

자연스럽지 못하다

배 열매에
봉지를 씌우는 것

자연스럽지 못하다

양면성

모든 사람의
천사가

한사람에게만은
악마로
보일 수도 있다

모든 사람의
악마가

한사람에게만은
천사로
보일 수도 있다

미녀의 마음

야수를 사랑한 미녀
킹콩을 사랑한 미녀
늑대를 사랑한 미녀

나를 사랑하는 미녀는
왜 나타나지 않는 걸까

비록 나에게
단점이 많다고는 하나

내가 야수보다 못하나
내가 킹콩보다 못하나
내가 늑대보다 못하나

미녀의 마음을
도저히 알 수가 없네

사랑이란
참으로 알 수가 없네

사랑은 원래
영화처럼 제멋대로인가 봐

결혼

결혼과 사랑은
서로
논리가 다르다

결혼은 계약일 뿐

이득이면 유지되지만
손실이면 깨어진다

반면에
사랑은 원래
무조건적이다

회귀

꼼짝 않고 누워만 있다

마침내 몸을 뒤집고
기어 다닌다
걷다가 뛰어다니고
먼 길도 달린다
마라톤대회에 참가하고
기록갱신에도 매진한다

마라톤 기록이 점차 쳐지다가
무릎이 아파
달리지를 못하고
걷기만 한다
걸을 때 지팡이를 짚다가
휠체어를 타고 다닌다
땅바닥에 기어 다닌다
누워서 일어나기 힘들고
스스로 몸을 뒤집지도 못한다

꼼짝 않고 누워만 있다

부활

신은 인간을
자신과 닮게 창조하셨다

'모든 관계의 구조적 특성'

이로써
생명을 얻는다
영혼을 갖는다

영혼은
생명현상

죽어도
우주에 그대로 남아 있다

모든 영혼 사이를 흐르며
서로의 생명을
이어주는
사랑은

우리의 생명을
신과
하나 되게 하고

신과 같이
이 세상에서
영원히
부활하며 환생한다

식인상어 백상아리

2017년 4월 14일 뉴스

영덕 원척항에서
2.5톤짜리 식인상어가
그물에 걸려 있었다

놀랍다

어린 시절에
더운 날이면
거의 매일 해변으로 가서
친구들과 함께 바다 저 멀리
헤엄쳐 다녀오곤 했다

배가 고플 때까지
잠이 안 올 때까지
멀리멀리 헤엄쳤다

내가 식인상어 백상아리를
만나지 않고
지금도 건재한 것은
분명 하나님의 은혜이리라
할렐루야

경매사

농산물 공판장

경매사가 마이크로
뭐라고
계속 중얼중얼

도무지 무슨 말인지
알아들을 수 없다

나중에 알고 보니
일반인은 모두 모르고
입찰하는 중매인들만
알아듣는다나

귀 있는 자만 들을지어다

종교를 믿는
사람들의 방언도
이와 비슷하겠지

사랑의 역설

완벽한 이상주의를
추구하는 만큼

사랑의 대상은
점점 사라지고

인간의 불완전함을
용납하는 만큼

사랑의 대상은
점점 나타난다

동시에

내가
진심으로
사랑하면서

동시에

나를
사랑하는 여인을
만나고 싶다

꿈속에서라도

짝사랑은
절대로
말고

조직

시스템은
에너지의 덩어리
그 구조적 극치는 생명현상

조직시스템과
개인시스템은
유사한 속성

동시에
언제나 서로 경합관계

조직은
개인의 힘이 필요 이상으로
더 커지는 것을
용납하지 않는다

개인이
약해지면
그 에너지가
조직 전체에 합해진다

성격

성격은
인간 내면의 깊은 곳에서
잘 변하지 않는
대표적 특성이라지

성격의 내용은
참으로
여러 가지 이겠지만

가장 중요한 것은
인간성 관련

바로
진선미를 추구하는 경향
사랑의 특성이다

이것 외에
나머지는 아무래도 좋다
거의 별 상관이 없다

섹스

섹스는
몸을 위한
쾌락이라기
보다는

서로
마음을
결합하려는
언어다.

이상한 일

대상이 진실되면
저절로
믿지 않을 수 없다

믿지 말라고 해도
악착같이 믿는다

대상이 진실되지 않으면
아무리 해도
믿어지지 않는다

그러니까
진실이 저절로
믿음을 결정한다

억지로
믿음을 강조하는 것 자체가
참 이상한 일이다

두꺼비

2017년 4월 13일 뉴스

두꺼비를 황소개구리로 착각하고
요리해 먹은 사람이 사망

어린 시절에
초등학교 시절과
중학교 시절에

내가 아마도
떡개구리
수백 마리를 잡아서
뒷다리를 연탄불에 구워
먹었던 것 같은데

다행히
그중에
두꺼비 한 마리도 포함되지 않아

지금까지 건재한 것은
분명
하나님의 은혜이리라
할렐루야

섹스 언어

언어를
넓게 생각하면

말
글자
그림
조각
음악
춤
표정
몸짓
악수
인사
복장
자리배치
선물
식사
데이트 약속
스킨십 접촉
등

섹스는
몸짓 언어

섹스에 포함된
의미의 경우들은
대체로

상대를 받아들임
환영
감사
신뢰
솔직함
용서와 화해
외로움 탈피
희망
짝 개념
위로해 줌
상대 존중
책임의사
규범에서부터 해방감

공동운명 의지
등을

뜻할 것이다

끝이 없는 것들

저 바다가 끝이 없고
저 하늘 별들의 수도 끝이 없고
우주의 넓이도
시간도 끝이 없다

인간의 욕심도 끝이 없고
미움과 잔학성도 끝이 없다

남녀의 사랑도 끝이 없고
부모님의 사랑도 끝이 없고

하나님의
인간 사랑도 끝이 없다

연설

배밭 주인이
4백 그루의
배나무에 둘러싸여
일장 연설을 한다

잘했군
아주 잘했어
제군들은 올해
나의 기대를 저버리지 않았어

요즘 배 재배가
수지가 맞지 않고
일손도 너무 많이 간다고

여러 사람들이
배나무들을
모두 베어버리고

과수원을
논으로 바꾸라고
조언했지만

내가 너희들이 불쌍하여
배 재배를 그냥 계속 했는데

너희들이
나의 은혜를 결코 잊지 않았어

나는 너희들이
매우 자랑스럽다

내년에도
지금처럼
많은 열매를 맺어 주기 바란다
모두들 알겠지

이상으로
나의 연설을 모두 마친다
각자 편한 자세로

공짜

그것은
원래
공짜가 아니다

공짜인 경우는
가물에 콩 나듯이

희귀한 일이다

인간성

인간성 좋은 사람을
만나면
참 기쁜 일이다

어둠 속 바다에
등댓불과 같은 존재

좀 다른 듯

부자는 부자대로
서민은 서민대로

노는 곳
노는 사람들
노는 방식이 좀 다른 듯

청년은 청년대로
노인은 노인대로

노는 곳
노는 사람들
노는 방식이 좀 다른 듯

나를 부른다고
무턱대고
따라갈 일이 아니다

잠

연휴라서
그런가

왜 이리도
잠이 많을까

혹시 죽을 때가 가까왔나

낮에도 자고
저녁에도 자고
밤에도 잤건만

새벽에 일어나도
또다시 졸립다

더 이상
아무것도 하지 말라는
신의 뜻인가

반가움

그대의 얼굴만
바라봐도

왜 이렇게도
기분이
좋아지는지 모르겠다

나의 온몸의
정직한
세포들이

반갑다고
쌍수를 들고
환영을 하는 듯

칩

사라진
컴퓨터 칩을 애타게 찾고 있다

모든 것이 담긴
나의 칩인데

아아
완전 멘붕 상태

도대체
어디서 잃어버렸을까

바보같이
왜 백업조차도
해 놓지 않았을까

그동안 칩이
내 곁에 있을 때의
행복과
편안함을 깨닫지 못했다

다시
소중한 칩이 내 곁에 있던
그 시간으로 되돌아가고 싶다

만약에
그 칩이 다시 나타난다면
수십 번이라도
입맞춤을 하리

세월

세월은 참으로
잔인하도다

그토록
아름답던
그 아가씨를

결국
할머니로
만들어 놓다니

언젠가

마라톤 대회장과
병원의 중환자실

서로 너무나
대조적인 곳

마라톤 대회의
기라성 같은
저 건장한 사람들도

세월이 흐르면
언젠가

대부분
병원의 중환자실로
들어가겠지

믿음

사랑하는 사람들은
하나의 생명으로 만난다

사랑하는 사람들은
사랑의 하나님과
하나의 생명으로 만난다

모두
하나의 생명으로 만난다

전지전능하신
사랑의 하나님의 은혜로

사랑하는 사람들은
부활하고 환생하여

이 세상에서 다시 만난다

네로황제

기독교인들이
미래에
로마를 멸망시키고

천 년의
중세시대를 새롭게 여는
무서운 세력이라고

네로황제가
미리 예상을 했더라면

그는
아예 기독교세력을
완전히 뿌리 뽑기 위한

더 철저한
박해를 했을 것이다

그는 다행히
그 정도까지는 몰랐기에
한계가 있었다

미친놈

그럴 리가 결코 없겠지만

만약에
만약에

여럿 여자들만 모여서

나를 두고
나와 관계 맺고 싶다는
이야기를 경쟁적으로 했다고 치자

그리고 이 사실을
누군가가 나에게 알려줬다고 하자

이때 내 기분은 어떨까

사실상 별로 기분 나쁘지는
않을 것 같다

만약에 이때
내가 성희롱 당했다고
경찰에 고소를 한다면

많은 사람들은
분명
나를 미친놈이라고 할 것이다

그런데
고소 사건 뉴스를 보니

이 경우
여자들 기분은
남자와 상당히 다른가 보다

이상타

손전등

대낮에
햇빛으로
볼 수 있는 세상을

밤중에
손전등으로
똑같이 볼 수 없다

손전등은 손전등일 뿐
태양이 아니다

피카소의 고민

현대미술의 대표적인 인물
피카소

그림은
이렇게 그려야 한다
저렇게 그려야 한다

고정관념으로는
기존의 그림 형식으로는

도저히
표현할 내용을
그림 속에 담을 수 없는 걸

다양한 시점
다양한 관점
다양한 의미 등

형식에서 완전히 벗어나기 위하여
피카소가 얼마나 고민했을까

형식을 깨뜨릴 때
표현이 살아나고
형식을 고수할 때
표현이 죽어버리기에

죽음

관계의 구조적 특성의 해체
즉, 시스템의 소멸은

바로 죽음이다
생명이 사라지는 것이다

부분의 해체는
전체로 귀속되는 것
전체로 합일되는 것

부분 시스템은
생명이 있을 때만
전체 시스템과 독립된다

붙들어야 한다

자기 자신에게
질문해 본다

저 사람과
지금부터 영원히 헤어져도
괜찮은 사람인가

그러면
그와 친하지 않은 것이다

놓아주면 된다

저 사람과
지금부터 영원히 헤어지면
가슴 아픈 사람인가

그러면
그와 친한 것이다

악착같이
붙들어야 한다

예초기

너무 많이
사용하다 보니
이제 예초기병에 걸렸나

예초기를 돌리고 있으면
마음이 아주 편안해 진다

모든 환경이 곧
깨끗하게
정리될 것 같은 느낌

눈높이

한참 젊은 시절에는
사랑할 대상을
찾기가
참으로 쉽지 않았는데

나이가 많이 들어
지금에 이르니
거의 대부분 여성이
사랑할만한 대상 같구나

탯줄

배 열매를 따기 위하여
꼭지를 자르는 과정은
마치 아기의 탯줄을 끊는 것과
똑같은 이치겠지

이제 어미 나무로부터 떨어졌으니
씨앗을 몸에 품고
저 넓은 세상으로
힘차게 나아가거라

진심

저 사람이
나를 진심으로
사랑하는지
않는지를
어떻게 알 수 있을까요

오감으로는
실증적으로는
단편적으로는
그 사람의 마음이 나타나지 않죠

가급적 오랜 나날 동안
상대의 언행을 통하여 알게 된
수많은 모든
정보와 자료, 각종 관계 등을
모아 놓고

조용한 시간에
가만히 깊은 명상에 잠겨서

구조적
체계적
종합적으로
이들을 짜 맞추어 보면
상대의 진심이 어렴풋이
드러나게 되지요

그냥 순간적으로
즉흥적으로
판단한 인간관계는
상대를 사실상 모른 채

아마도 혼자만의 허상을 향한
헛몸짓일지도 모릅니다.

국가 조직의 모습도
신의 모습도
마찬가지겠지요

미완성 사랑

내 마음을
님이 알고 있겠죠

님의 마음도
나는 알고 있지요

가을바람이
가슴속을 스쳐 가며
추억을
일깨웁니다

멀리서
님도
저 보름달을 보고 있겠죠

그래요
마침내
미완성의 사랑
반쪽 달이 채워져

둥글게

완성이 되었어요

흰 구름

흰 구름이
모였다
흩어지는

저
가을날의
산봉우리에는

우리의
그리움도
함께 하여라

성범죄

호감을 추측하고
바로 행동으로 들어가면
성폭력

몸짓으로
미리 테스트하면
성추행

차라리 확실하게
뜻을 물어보려고 하면
성희롱

불만을 사전에 제거하려
흥정하려 하면
성매매

참나
모든 길이 막혀있고
전혀 다른 방법이 없다고
투덜투덜

요 맹추야
세상이 완전히 바뀐걸
이제야 알겠니

방법이 하나 있기는 하지

그냥 몸단장하고
자신의 매력을 극대화해서

여자가 먼저
프로포즈 해 올 때까지
마냥 기다리는 게 좋을 걸

아니면
패가망신하든지

양면전략

오늘 밤
갑자기
죽으면 어떡하나

마음의 준비가 필요하다

앞으로 백살 넘도록
살면 어떡하나

역시
마음의 준비가 필요하다

방게

비 온 직후
햇빛이 비치니

강변 오솔길에
방게들이 많이 지나간다

그중 한 마리가
양손의 가위를 쳐들고

감히
수천 배나 덩치가 더 큰
나를 가로 막고

턱 버티어 선다

어처구니가 없지만

저 깡다구를
어떻게 배울 수 없을까

생존경쟁

신의
큰 그림으로 볼 때
인간들의 생존경쟁은

경쟁력 없는
유전인자는 없애고

경쟁력 있는
유전인자만을 남겨

인류종족의
발전을 꾀하려는

원대하고도
무서운 계획

아주 배고플 때

아주 배고플 때는
이것저것 따지지 않는다
반찬이 없어도 좋고
국이 없어도 좋다
그냥 밥만 있어도 감지덕지다

아주 외로울 때는
이것저것 따지지 않는다
젊지 않아도 좋고
아름답지 않아도 좋다
그냥 말상대만 있어도 감지덕지다

그런데
상대를 열심히 고르고 있는 저 사람
아직 그만큼 덜 외로운가 보다

마음의 준비

이제는
옛날보다 많이 겸손해졌고

사랑할
마음의 준비도 되었지만

그사이
세월이 너무나 흘러

그만
늙은 몸이 되어 버렸네

신념

신념은
양날의 칼과 같다

신념에
빠진 사람은
많은 역경을 이길 수도 있지만

수많은
사람들을 비극으로
몰고 갈 수도 있다

특히 강한 신념의
흑백논리는
무섭다

존중

나 보다
능력 있는 사람은
그만큼

모두
존중받을만하다

나에게
늘
겸손을 가르쳐 준다

예술일 수도

일등으로 질주하는
저 마라토너

너무나 멋있다
아름다운 작품 같다

언제나
고수는
예술일 수도 있다

진선미(眞善美)

신은
사랑이시다

사랑은
진
선
미

진선미의 추구는
신의 마음을 닮아가는 과정

진선미는
신의 뜻을 아는

판단 기준

때를 놓쳐

그는 후회하고 반성했다
직접 만나서
반드시 사죄를 해야겠다고 생각했다

그러나
때를 놓쳐
그 참회의 뜻이
상대편에 전해지지 못한 채

그 사이에
그는 보복을 당하고 말았다

심술

저 아저씨
연애에 자꾸 실패하더니
이제는
심술이 좀 났나 봐

연애를
시적으로 생각하지 않고

과학적으로만
이해하면서
별거 아니라고 폄하를 하네

그가 연애를 정의하기를

'남녀가
성기의 결합이라는 사건을
중심에 두고

그 전과
후에

유혹하거나
공감하며
또한 서로 느낀 바를
표현하며
미래를 의논하는 과정

그리고는
이것을 다시
마치 예술인 것처럼
멋지게 포장하는 것일 뿐'

존경

칼자루를 잡는 것과
칼끝을 잡는 것은
서로 전혀 다른 처지이다

칼자루를 잡은 자가
큰소리를 치거나
과감한 대적 행동을 하는 것

별것 아니다

어떤 겁쟁이들도
할 수 있는 일이다

칼끝을 잡은 자가
큰소리를 치거나
과감한 대적 행동을 하는 것
만약 그가 바보만 아니라면

존경할만하다

용기 있는 자가 아니면
아무나 할 수 없기 때문에

공평

네가 싫다면
나도 싫다

네가 좋다면
나도 좋다

네가 싫다는데
나만 좋아라는 법은 없지

그래야
공평한 거지

맞는 이야기 같다

하지만
사랑은 저 멀리

칭찬

오직 어느 한쪽만을
미녀라고 자꾸 추켜세우면
여성들 사이가 어색해진다

어느 한 형제만이
훌륭하다고 칭찬하면
형제간 사이에
질투심과 증오감을 낳고
가정불화가 생긴다

회사에서 어느 한 부서만을 칭찬하면
조직 내 갈등과
비협조 상황이 발생하여
결국 리더십이 무너진다

아이들의 작은 성과에
지나치게 칭찬하면
재능 없는
엉뚱한 분야를 직업으로 진출하여
평생 고생한다

아이들의 언행에 칭찬만 하고
나무람이 없으면
버릇이 나빠지고
선악의 분별력이 없어진다

칭찬이 자존심을 살려주고
동기를 유발시키고
'고래도 춤추게 한다'지만
언제나 옳은 것은 아니다

모임

사람의 됨됨이처럼
또는 인간관계처럼

모임이라고
다 같은 모임이 아니다
천태만상이다

같이 순교도 하는 모임
에베레스트산 등반을 가는 모임
해외여행을 가는 모임
국내여행만 가능한 모임
하루 저녁 한 잔만 하는 모임
얼굴만 보고
그 이상은 아무것도 못 하는 모임

모임이라고
다 같은 모임이 아니다
천태만상이다

신중한 남자

내가 묻는 것이
혹시 맘에 들지 않으면
그냥 그렇다고만 말씀해 주세요

복잡한 문제는
절대 일으키지 말고요

만약에
아주 만약인데요

내가 만일
당신을 껴안으면
당신이 나를
성추행으로 고소할 건가요

상대의 여자는
배꼽 잡고 웃기만 하였다

남자는 정색하고
웃지만 말고
가타부타를
확실하게 말씀해 달라고 하였다

남자는
고소하지 않겠다는
그 대답을 듣고서야
안심하고 다가가
그녀를 껴안았다

흔한 일

사람을 왜
믿지 못하느냐고

유난히
나무라던 사람이

어느 날
홀연히
말도 없이 자취를 감췄다

놀랄 일이
아니다

원래
흔한 일이다

연애의 게임

젊을 때 서로
사귀었든
아니면 짝사랑했든 간에

이제는 모두가
세월에 못 이겨
노인들이 되었으니

연애의 게임은
완전히 끝났겠죠

이제는
남녀관계가 아니라
인간관계로 돌아가

친구가 되지 않을래요
기왕의 공유하는 추억도
많으니

마음의 거리

마음이 가는 곳에
몸이 가고

몸이 가는 곳에
마음이 간다

마음이 가까운데
몸이 멀면
서로 그리워 한다

마음이 먼데도
몸이 가까우면
서로 부담스러워 한다

죽고자 하면 산다

죽기를 각오하고
열심히 운동을 했더니

몸무게가 줄고
혈압이 내려가고
당뇨
콜레스테롤
수치가 정상으로 되돌아오고
혈관이 깨끗해져

오히려
오래 살 확률이
더욱더 높아졌네

외교

작다고 무시하면 안 되지
티끌 모아 태산

강대국만 바라보는 건
위험한 외교

강대국의 변덕과 횡포에
어찌 견디랴

작은 나라들을 합하면
그 완충적 역할의

좋은 대안

고장 난 기계

자기 스스로
배워서
기계를 고치는 방법과

다른 사람에게
돈을 주고
기계를 고치는 방법

과연 어느 쪽이
더 빠르고
쉬울까?

점칠 수 있는

사람들의 장래를
점칠 수 있는
한가지 방법이 있다

지위와 능력의 차이가
작아서
그 지위를 감당할 수 있으면
행복하고

그 차이가 너무 커서
그 지위를 감당할 수 없으면
불행해진다

조직의 운명

인간의 생사
정말 알 수가 없는 것이다

조직도 운명도
역시 마찬가지다

구 소련을 보라
대우그룹을 보라
수많은 기업체들을 보라

어느 날 갑자기
어떻게 될지 모른다

인간과 조직의
불확실한 운명은
서로 너무나 닮았다

피장파장

로마 시대에
박해를 받아
사자 굴에 들어가거나
십자가에 못 박힌
기독교도가 더 많을까

중세시대에
종교재판을 받아
고문을 당하여 죽거나
화형에 처해진
이단 및 이교도들이 더 많을까

아마도
피장파장일 것이다

악마는
어디서든 존재한다

신의 존재

태양과 같은 항성들이
수천억 개나 포함되는
우리 은하계

우리 은하계 같은 은하계가
다시 수천억 개나 모여있는
우리 우주

우리 우주와 같은 우주가
또다시 수천억 개를 넘어서
무한히 존재하는
초월적 토탈시스템

신이라고 한다면
이 정도의
모든 것을 포함하는 규모의

영원에서 영원까지 존재하는
모든 관계의
구조적 특성

신의 존재는 결코
단순히 '신'이라는
용어 한마디에다가

실재의 근거가 전혀 없이
전지전능과 사랑의 존재라는
정의만을 갖다 붙인
언어 자체만은 아닐 것이다

유(有)와 무(無)

산은 산이요
물은 물이다

이것은 성철스님의
위대한 말씀이었다

산을 물이라 하지 말고
물을 산이라 하지 말라는 뜻

다시
더 되새겨 보면

유는 유요
무는 무다

유를 무라고 하지 말고
무를 유라고 하지 말라는 뜻

실수

과수원에서
열매를 솎아내는 작업을 할 때는
열매에 대하여
마치 신이 된 기분

열매의 크기 모양 위치 방향
열매 간 간격
가지의 굵기 등을
종합적으로 고려하여

어떤 것은 죽이고
어떤 것은 살리고

그런데 실수하여
실릴 것을 죽이고
죽일 것을 살리는 경우도 있다

어쩌면 진짜 신도
이런 실수를 하시겠지
그래서 여전히
세상에 살아남은 사람들도
있겠지

이해

오랫동안
나뭇가지를 자르는 전지를 했더니

나뭇가지만 보면
만사를 제쳐놓고
이를 자르고 싶어
미칠 지경이다

가끔 꿈에서도
나뭇가지가 보이니
혹시 이상한 병에 든 것 아닐는지

이제서야
남의 과수원에 함부로 들어와
나뭇가지를 잘라버리는
그 사람들을 이해할 것 같다

죽마고우

너무나 많은 시간들을
함께하여 왔기에

우리의 마음은 이제
하나로 녹아졌다

너무나 많은 추억들이
서로에게 같이 쌓였기에

작은 갈등으로
헤어진다는 것은

어림도 없는 일이다

그때마다 우리는
원래의 상태로
다시 되돌아갈 뿐이다

애완견

문수구장 주변을 조깅하는데
어느 여자가 풀어놓은
개 한 마리가 쫓아오며
자꾸만 나를 물려고 한다
요리조리 피해도
마찬가지이다

힘껏 속도를 내어달려도
계속 짖으며 쫓아온다
내가 갑자기 돌아서서
대응자세를 취하니
개가 잠시 멈칫하더니
다시
나의 다리를 물려고 달려든다

그 순간
어릴 때 배운 태권도 실력을
총동원하여
냅다
발로 개의 주둥이를
정통으로 차버렸다

깨갱갱

개는 주인 여자에게로
급히 되돌아갔다
그 여자는 경악하여
그 개를 끌어안고는
"아이고 내 새끼 '하니'야!"라고 부르면서
개 주둥이에
입을 정신없이 맞추고
쓰다듬고
난리다

그러고는
나를 째려보고는 소리 질렀다
거의 도마뱀 같은 눈빛
증오감이 가득히
"참, 아저씨도 너무 하지 않아요?
애완견은 가족인 거 몰라요?
아저씨, 경찰에 고발할 거에요"

제기랄
저 여자의 눈에는
개 밖에 보이지 않는 모양이다

언제나 그렇듯이
극진한 사랑의 대상이 생기면
아예 눈이 멀어버리는 모양이다

나는 남은 조깅을 더 하면서
경찰이 올 때를 대비하여
마음속으로 변명을
열심히 준비하였다

그놈의 개가 먼저 공격했으니까
확실히 이것은 정당방위이다
그렇다
정당방위이다
정당방위
정당방위

다행히 이날
경찰을 만나지는 않았다

자전거

차도에서
자전거를 타는 사람들은
매우 위험하다
차와 부딪혀

부상은 물론
죽는 경우도 생긴다.

산책길에서
자전거를 마구 달리는 사람들
정말 문제다

차도와는 달리
자기가 당하지 않으니까
자꾸 그러는가 보다

가을 산

가을비에
깨끗이 씻긴
산들이

울긋불긋
정성스레 단장을
시작하네

소중한 누군가를
맞으려나 보다

밉다

아무리
농기계를 고쳐달라고
간청해도
꿈쩍도 안 하는
기술자가 밉다

아무리
그대를 좋아한다고
구애해도
대꾸도 안 하는
여자만큼이나

비키니

여름날
해변에서의
비키니 착용은
아주 자연스럽겠지만

만약 강의실에서
그 비키니를 입으면
전혀 어울리지 않는다

아무리
비싼 비키니라도

마라톤

시계바늘을
거꾸로 돌려라

죽지 않고
젊게 사는
부활을 꿈꿀 때

나의 마라톤은
신께
이러한 부활을
간구하며

기도하는 과정의
몸짓 언어

용기

진정한 용기는
사랑으로부터

용기가 없음은
사랑의
부족 때문

사랑은
모든 것을
가능케 한다

기억력

나이가 들어
기억력의 부담을
줄이려면

먼저
물건은 항상 제자리에

낼 돈은 즉각 내어버리고
가급적
남겨두지 않는다

불필요한 물건도
빨리 처분한다

소유관계도
단순화한다

약속은 가급적
적게 만든다

무의미한 인간관계를
생각하지 않는다

모기

웽웽거리며
날아다니던 모기가
어디에 앉았는지 확인되었다

가만히 다가가 죽이려고
중간에 두고 손바닥을 마주쳤으나
실패했다
또다시 시도했으나
역시 마찬가지다

모기는 어디론가 사라지고
아무리 찾아도
보이지 않는다

이제는 할 수 없이
내일 출근을 위하여
불을 끄고 자야 할 시간

모기를 죽여야 할 때
죽이지 못하니

공격과 수비의 상황이
완전히 뒤바뀌었다
칼자루와 칼끝을 거꾸로 잡은 셈

어두움 속에서
그 모기는 나와 나의 가족들의
피를 마구 빨아먹을 것이다
속수무책이다

제발 병균이라도
옮기지 말았으면 다행일 것이다.

노숙자

2017년 4월 30일 뉴스

대통령선거 후보자 벽보를
찢은 어느 40대 노숙자

체포해 보니
'감옥 가고 싶어서 그랬다'고

그간 노숙이
얼마나 힘들었으면

선진국

외동휴게소 화장실
정말 깨끗하다

볼일 보기도 미안할 정도

낙서도 전혀 없고

화장실은
민속의 상징적 척도

과연
우리나라가
이제는

선진국 대열에
들어갔는가 보다

운명이 다르므로

당신과 나는
가야 할 운명이 다르므로

서로
비교할 필요가 전혀 없습니다

당신이 사치할 때
나는 검소해야 합니다

당신이 여행할 때
나는 일해야 합니다

당신 주위에 사람들이 들끓을 때
나는 고독해야 합니다

당신이 웃을 때
나는 울어야 합니다

당신과 나는
가야 할 운명이 다르므로

서로

비교할 필요가 전혀 없습니다

의문

저 친구는
평생 지켜보아도 분명
어떤 종교도
믿지 않는 것 같은데

어쩌면 저렇게도
착실하고
진실되며
마음이 늘 평온할 수 있을까

또한
온 가족들과 함께
얼마나 화목하게 잘 지내는지도

어찌 종교 없이도
이것이 가능한 일일까

학이 되어

이제부터
천 권의 책을
더 읽으면

천 번을 접는
종이학처럼

내 마음도
학이 되어

하늘로
훨훨 날아가겠지

영남알프스

가을 햇살을
느끼며

잠시
은빛 억새 물결에
몸을 맡길 때

소슬한 바람이
전해주는

영남알프스

그 명산의
속삭임을 듣는다

확률

인생사는 모두가
불확실성 투성이

확률의 문제이다

인간은
모두가 예외 없이

지극히 작은
시간과 공간의 제약을 받는
불완전한 존재이기 때문에

완전한 진리는
알 수도 없고
말할 수도 없다

또한
그러한 위치에 있지도 않다

다만
진리의 높은 확률을 좇아
최선의 노력을 다하는

과정적 존재일 뿐

학문에 대하여

직접경험을 토대로 형성된
나의 정신은

나의 한계
나의 운명

그 정신 자체가
바로 창살 없는 감옥이다

나에 대한
최대한 구속이다

학문은
직접경험의 세계를 초월한
간접경험의 정수(精髓)

정신적
해방과 자유를 준다

이로써 학문은

실체의

종합적 파악을 가능케 한다

감지덕지

완벽한 사랑을
꿈꾸는 자

그는 정녕
인생의 절정에 있는 자

사랑은
인생의 꽃

사실상
가장 사치스러운 순간

세월이 흘러
노쇠하고
어려운 때가 다가오면

마음이

한없이
약해지고
아주
낮아져

누구든 곁에 있어만 주어도
감사하고

인간적 체온만 느끼게 되어도
감지덕지

전(全) 우주

전 우주는
영원에서 영원까지
스스로 존재하며

전 우주는
이 세상의 전부이며

더 이상 다른 것은
아무것도 없다.

비록
아직 인식할 수 없는
부분들이
많이 남아 있을지라도

전 우주 외에는
또 다른 존재는
전혀 없으니까

만약 신이 있다면
이것이 바로
신(神)일 수 있다

부활의 은총

참사랑을 통하여
진선미의
신의 뜻에 부합된다.

참사랑은
인간성만큼 가능

비록 개별적 자아는
죽어서 해체되지만

그 생명은
저 우주로 빠져나가
근원적 생명력에
더하여 진다

범아일체
신과 인간의 합일

하나의 생명으로 만난다

신의
은총을 입어

언제든지
다시 생명력이 회복되고.
다시 태어난다

비극

인생은
배우요
삶은 연극과 같은 것이라고

만약
이 인생들의 연극이 없으면
이 세상은
얼마나 삭막할까

만약
희극만 있고
비극이 전혀 없다면
또한
얼마나 재미없을까

신은
무궁한 세월 동안
매우
심심하셨던가 보다

환상이 사라지니

환상이 사라지니

진짜의
모습들이 보인다

세상의 삶 자체가
온통
환상 속에서
꿈꾸는지도

환상이 모두
깨어지고
적나라한 모습들이
여지없이 드러나는 것은

참으로
무서운 일이다

파리들

내 옆의 파리가
개구리에게 먹혀 죽었다.
나는 아니다
참으로 다행이다.

내 옆의 파리가
거미줄에 걸려 죽었다.
나는 아니다
참으로 다행이다.

내 옆의 파리가
파리약에 젖어 죽었다.
나는 아니다
참으로 다행이다.

내 옆의 파리가
파리채에 맞아 죽었다.
나는 아니다
참으로 다행이다.

어느 날 내가 죽었다

이번에는
내 옆의 파리가 생각했다
'나는 아니다
참으로 다행이다'

이제야 알겠니

언제든지
만날 수 있는
한 사람의 여자가

상상 속에서만
볼 수 있는
수백 명의 여자들보다는
더 소중하더라

그래
이제야 알겠니

필요한 여자

젊을 때는
상상 속의 여자

늙을 때는
현실 속의 여자

신의 발견

수천억 개의 항성이
포함되어 있는 우리 은하계

이러한 은하계가
다시 수천억 개 모여 있는 우주

이 우주가 수천억 배 이상 무한히
더 크게 존재하는

이 세상 전체 실재의 토탈시스템이
바로 위대한
신의 모습일 것이다.

이 세상 외에
또 다른 세상이 전혀 존재하지 않는다
나 외에
다른 신을 두지 않듯이

신은 마치 큰 국가처럼
목적과 방향을 갖고 계시고

신은 참사랑을 지향하시며
진선미의 뜻과 성품을 갖으신다

마치 생명체처럼
부분 세상을 부단히 바꾸시며
역동적으로 역사하신다.

신은 전지전능하시고
영원하시고
무소불위하시고
생명의 원천이시며

그리스도를 이 세상에 보내어
자신의 뜻을 나타내는 모델을 선보였으며

우리를 구원하시고
부활케 하여 환생케 하시고
악의 세력을 멸망시킨다.

실재가 없는 허상으로서
신이라는 한마디의 언어에다가
단순히
사랑과 전지전능이라는
정의를 덧붙인 이야기가 아니다.

신은
먼저
실재가 분명히 전제되는 존재이시다.

닮았다

상호관계의
구조적
체계적
종합적 특성이라는 점에서

인간
조직
국가
세계정부
우주
신
모두 서로 닮았다.

오감으로는
확인되지 않지만
분명히
실재한다

진짜 부자

만약 누군가 당신에게
10년을 더 젊어지게 해 준다면
얼마까지를 지불해도 아깝지 않겠습니까

만약 누군가 당신에게
20년을 더 젊어지게 해 준다면
얼마까지를 지불해도 아깝지 않겠습니까

만약 누군가 당신에게
청춘으로 돌아가게 하겠다면
얼마까지를 지불해도 아깝지 않겠습니까

이 경우에서
만약 당신이 세계적인 재벌 총수라면
얼마까지를 지불해도 아깝지 않겠습니까

젊었다는 자체는 무엇과도
바꿀 수 없는 가장 비싼 것
젊음은 무한한 기회와 가능성

그래서
젊은이들은 모두가 진짜 부자입니다

자유

대안(代案)을 갖는 만큼
힘이 생긴다

선택의 여지가 생겨
어디에 목메어
끌려다니지 않아도 된다

저항할 수도 있다

대안을 갖는 만큼
자유로워지며

대안을 잃는 만큼
운명적이 된다.

또 참는다

지금 한바탕
하고 싶지만
애들 때문에 또 참는다

내 애들은
바로 나의 족쇄

요놈들이 다 자라서
족쇄가
풀려지는 날

그토록 얌전하던 내가

얼마나
강한 여자인지
분명 보여줄 거야

독립군의 어머니

소중한 내 아들아
너는 이 민족을 그렇게도 사랑하느냐
그래서 독립군이 되어
기꺼이 목숨까지 버리려고 하느냐

네 결심이 그렇게 강하니
결코 막을 수는 없다만
몇 가지는 물어보고 싶구나

너는 이 민족을 만난 적이 있느냐
민족을 눈으로 본 적이 있느냐
구체적으로
민족이란 존재를
오감으로 확인해 본 적이 있느냐

혹시 민족이란 허상이 아니냐

여기 구체적으로 존재하는
이 어미보다 더 확실하단 말이냐

나는 아무리 봐도 사람만 보일 뿐
민족은 도무지 보이지 않는구나

네가 민족을 진정으로 아느냐
너는 이 중에서 단지 몇 사람만 알고
오직 몇 사람하고만 친하지 않느냐

이 민족 중에는 나쁜 사람도 많고
네가 위하여 목숨을 바칠
가치도 없는 대상도 포함되어 있음을 아느냐

뭐라고
민족이란 구체적인 사람이 아니고
지켜내야 할
우리의 소중한 제도나 문화라고

그렇다면 이것은 모두가
십시일반 조금씩
정신 차리고 똑바로 공유하면 될 텐데
네가 온통 모든 부담을 떠안고
십자가를 지는구나

먼 훗날
네가 민족독립의 도화선이 되었다고
동상이나 기념관이 세워질지도 모르겠다만
아아, 나는 나의 사랑하는
아들을 잃는구나

내공(內功)

젊을 때엔
실연을 당하면
울고불고하며
죽고 싶다고 난리가 났다.

나이가 들면
실연을 당해도
운명으로 받아들이고
쉽게 체념하고 만다

마음이 크게 흔들리지 않는다
담담하며
아마도 끄떡없다

그만큼
내공이 쌓인 탓일까

젊을 때도 이와 같았더라면
마음고생이
훨씬 덜 했을 텐데

나타나지 않는 것들

개별적으로 쪼개어
분석적
실증적
파편적 인식을 하면
절대로 나타나지 않는 것들

인간, 조직, 국가, 세계정부, 우주, 신

상호관계의 구조적 특성을
종합적
사유적
체계적 인식을 하면
서서히 그 정체를 드러낸다

관계의 구조적 특성

약 60조의 세포가 만드는
관계의 구조적 특성으로
인간이 존재한다

수많은 구성원들이 만드는
관계의 구조적 특성으로
조직이 존재한다

사천만의 국민들이 만드는
관계의 구조적 특성으로
우리나라 국가가 존재한다

국가는 볼 수도 없고 만질 수도 없지만
엄연히 존재한다

국가는 목적과 의지와 방향을 갖고
거대한 생물처럼 살아 움직이며
부분사회를 변화시킨다

수많은 국가들이 만드는
관계의 구조적 특성으로
세계정부가 존재한다

수억만 개 이상의 별들과 은하계가 만드는
관계의 구조적 특성으로
우주가 존재한다

수억만 개 이상의 모든 우주 전체가 만드는
관계의 구조적 특성으로
신이 존재한다
우주의 마음, 로고스(logos)

신은 볼 수도 없고 만질 수도 없지만
엄연히 존재한다
영원에서 영원까지
신은 목적과 의지와 방향을 갖고
아주 거대한 생물처럼 살아 움직이며
부분세상을 변화시킨다.

그래서 인간은 신을 닮았고
결국, 인간, 조직, 국가, 세계정부, 우주, 신은
그 크기만 달리할 뿐
관계적 특성으로서 모두 같은 것이다.

창조

인간은 신이 필요하여
먼저 신이라는 단어를 만들었다

그리고 이 신이라는 단어는
'완전하시며
전지전능하시며
인간을 사랑하시며
인간을 심판하시고 구원하시며
부활케 하시는 능력 등의 뜻을 포함하는 존재'
라는 정의를 내려 두었다.

아직도 신이라는 단어 외에는
실체는 전혀 없다
허상인 말뿐이다

그런데
단지 이 실재가 없는 허상의 말 자체가
수천억 개의 별을 포함하는 은하계 및
수천억 개 이상의 은하계를 포함하는 우주라는
실재를 창조했다고 한다면

제정신이 아니고서는
어찌 이를 믿을 수 있을까
제정신이 아니고서는 어찌
어찌 무가 유를 창조한다는 말인가

착각

우리 개는
절대
물지 않아요

도대체
어떻게
알 수 있단 말인가

평생을 같이
살아온
상대편의 마음도
잘 모르겠는데

겨우 몇 년
키웠다고

한참
유전인자가 다른
개 마음을

도대체
어떻게
알 수 있단 말인가

운명

운명이란
대안이 없다는 뜻일게다

나이가 드니
점점 운명적이 된다
오직
하나의 길밖에 보이지 않는다

그러므로
남과도
비교할 필요조차 없어진다

서로 원래
다른 인생길이니까

염원

한계의 벽에
부딪히며

지옥 훈련을 하는
저 마라토너

누워서
죽기보다는
차라리

달리다가
장렬한 죽음을
염원하기에

영향력

법은
영향력의 결과적 표현

돈도
영향력의 결과적 표현

조직도
영향력의 결과적 표현

인간관계도
영향력의 결과적 표현

전지(剪枝)

과수원에서
가지치기

과감히 잘라야
큰 열매를 얻을 수 있다

인생사도 마찬가지

과감히 희생해야
큰마음을 얻을 수 있다

마술과 미신

유(有)는 유이고
무(無)는 무이다

유는 결코
무가 될 수 없고

무는 결코
유가 될 수 없다

하나의 예외도 없다

태초에 유가 있었고
세상 끝까지
유가 영원할 것이다

태초에 무가 있었고
세상 끝까지
무가 영원할 것이다

이 자명한 진리를
거부하면
마술이나 미신

시스템

시스템적 사고방식은
과학이다
종교와 상극

투입과 변환 없이
산출은 없다
이 세상의 만물 중에
여기에 예외는 하나도 없다

무에서 유의 창조는
도무지 이해할 수 없는
비과학적 생각

유는 스스로 존재하는 모든 것
영원에서부터
영원까지

하나의 생명으로 만난다

신과
님과
나와
모두가

참사랑을 통하여
하나의 생명으로 만난다

참사랑은
나의 인간성만큼
진선미를 향하는 마음

이것은
신의 뜻
구원의 조건

하나 된 생명은
언제나 부활하며

우주의 품속에서
영원히
살게 된다.

우리는 환생하여
다시
만날 수 있다

영향력 결과

현실은
결국
영향력 체계

단지
그 결과일 뿐
다른 무슨 깊은 뜻
없다
선악의 문제도 아니다

혁신은
결국
영향력의 변동

단지
그 결과일 뿐
다른 무슨 깊은 뜻
없다
선악의 문제도 아니다

오늘

인생은
안갯속
한 치 앞도 보이지 않는다

오늘은
바로
내가 죽는 날일지도 모른다

이렇게 엉뚱한 일을
벌리고 있을 때가 아니다
우선순위가 있다

용서받을 것 받고
화해할 것 하고
은혜도 최대한 갚고
정리할 것 빨리 정리해야지

미녀들

서울 고속터미널
신세계백화점 1층
화장품코너

와우
웬 미녀들이 이렇게 많은지
놀랍다
파는 사람이나
사는 사람이나

전국의 미녀들이
여기에 모두 모였나

솔직히 말해

만약 그녀들이 다가 만 온다면
거의 모두다
사랑하지 않고는 못 배길

마음씨는 몰라도
충분히 가능성 있는
미녀들만
잔뜩 모였네

사나이

고등학교 때 친구
동창생 아들이 결혼한다기에
큰맘 먹고
서울 올라갔는데

너무 일찍 도착하여
메리어트호텔의 로비 라운지
커피숍에 앉아
시간을 좀 보내야 했다

아가씨가 안내할 때
아메리카노 커피 한잔이
무려 일만 구천 원

이곳은 결코 서민의 자리가
아니다

자리를 박차고 일어나
그냥 결혼식장으로
바로 올라가고 싶었지만

이만한 일에
그럴 수야 없지

사나이 대장부의
그 얄팍한 체면 때문에

여전히 부드러운 미소를 띠며
전혀 마음에
동요가 없는 듯이

불평

서울의 지하철
환승 과정이
너무 복잡하다고
불평하는 사람아

한번
이 지하철을
설계하고
땅을 파고
건설했던 사람들을 생각해 봐라

당신은 겨우
길을 찾는 것뿐인데

가위질

저녁 어스름 지고
포근한 미풍이 불 때
남녀가 나란히
도란도란
이야기를 나누다가

남자가
갑자기
여자의 얼굴을 덮쳐
그녀의 입술에
진한 키스를 하는
멋진
러브신 명장면들

이젠
이런 영화 필름들을
모두
가위로 잘라버려야 한다
법이 바뀌었다

이것들은
성추행 성범죄의
전형적인 사례로서
청소년 교육상에도
매우
해롭기 때문에

세상 인심

만약
저 소설책을
내가 썼다면
거의 모든 독자들이
분명

처음부터 너무나 지루하고
장황하게 썼다고
투덜대며

끝까지 다 읽지 않고
아니
단지 몇 페이지만 읽고서
내던졌을 것이다

하지만
이것은 명색이
노벨문학 수상작이니

처음은 몰랐는데
자꾸 반복하여
읽으면 읽을수록
더욱 깊은 뜻이 담겨 있다나

역시 다르다나

고독의 묘약

불안은
고독으로부터 옵니다

고독하지 않으면
불안은 사라집니다

사랑은
고독의 묘약입니다.

아무것도 할 수 없는 날

내가 언제까지 운동할 수 있을까
곧 운동을 할 수 없는 날이 올 것이다

내가 언제까지 책을 읽을 수 있을까
곧 책을 읽을 수 없는 날이 올 것이다

내가 언제까지 음악을 들을 수 있을까
곧 음악 소리가 들리지 않는 날이 올 것이다

언제까지 사람들과 이야기를 할 수 있을까
곧 내가 침묵하게 되는 날이 올 것이다.

최대한 훗날로 미루지 말자
아무것도 할 수 없는 날이
곧 얼마 남지 않았기 때문이다

한계

세상에는 원래
가능한 일이 있고
가능하지 않은 일이 있다

미래에도
아무리 노력해도
가능할 일이 있고
가능하지 않을 일이 있다

이제부터
모든 일이 불가능할 때
우리 인생은 끝이다

나무

나무들은
하나하나가 모두
부활의 상징

나무는 작은 신
잎은 인간

잎은 낙엽이 되어
떨어져서

일부는
바람에 날리어
멀리 사라져 버리지만

일부는
남아서
썩어서
그 영양분이 나무와 다시 합해지고
생명이 다시 하나가 되고

봄이 되면
다시 태어나
가지에 새싹으로 돋는다

부활한다

캠퍼스

가을이 깊어가니
울산대학교 캠퍼스에
단풍이 들어
숨 막힐 듯이
아름답다

가을 정취를
가슴에 담아두기 위하여
구태여
멀리까지 여행할
필요가 없다

지금
여기가 바로
최고의 공원인 걸

이곳에 생활하시는
모든 분들
너무 바쁘신 것 같아

이 천혜의 행복조건을

과연

깨닫고나 있으실까

변신

전력투구하여
한번
열심히 노력해 보자

나 자신의 변신이
기다리고 있다

나는 그 변신의
모습이
궁금하지도 않는가?

큰 착각이다

내가 노력하는
그 이상으로
남이 나를 위해 더 노력하게 만들었으니
내가 지혜롭다고 생각한다면
이것은 큰 착각이다

내가 희생하는
그 이상으로
남이 나에게 더 희생하게 만들었으니
내가 능력 있다고 생각한다면
이것은 큰 착각이다

내가 사랑하는
그 이상으로
남이 나를 더 사랑하게 만들었으니
내가 성공했다고 생각한다면
이것은 큰 착각이다

역설

돈이 넘쳐나서 이 세상에 미련이 많다
사랑하는 사람들과도
서로 강하게 얽혀져 있다
마냥 행복하기 때문에
이 세상을 떠날 수 없다
이 복 받은 사람은 도저히 눈감을 수 없어

죽음 앞에
구차한 모습이 되기 쉽다

반면에
몹시 가난하여 이 세상을 혐오하게 된다
인연이 없고 외롭기 때문에
늘 홀로이다
너무나 불행하기 때문에
빨리 삶의 고통에서 벗어나고 싶다
이 처참한 사람은 인생이 가벼워

죽음 앞에
초연하고 깨끗하게 되기 쉽다

죽을 때 죽더라도

내가 죽을 때 죽더라도
이 세상을 알고나 죽자

그냥 이대로 죽을 순 없다

탄생이 무엇이고
삶이 무엇이고
죽음이 무엇인지

신이 있는지 없는지
만약 있다면 누구이신지

죽은 뒤에
세상이 또 있는지 없는지
사후심판과 부활 및 윤회는

결국 정답을
찾을 수 없을지도 모른다

그러나 끝까지
최선을 다하자

내가 죽을 때 죽더라도
이 세상을 알고나 죽자

그냥 이대로 죽을 순 없다

분수

자신의 인간됨의 그릇보다도
더 큰 조직관리를 책임지면

분수에 넘치는 일

지위나 직책이 높다고
결코 자랑하거나
부러워할 일이 아니다

큰 조직의 관리란
마치 호랑이 등 위에 올라타 있는 격
만약 분수에 넘친다면

자신도 비극일 뿐만 아니라
주위에 많은 사람들도
불행에 빠뜨리게 되나니

나의 분수가
과연 조직관리를 잘 감당할 수 있는지
충분한 준비가 되어 있는지

항상
사전에 먼저 질문해 볼 일이다

행복

비록 단지
오늘 하룻밤 일지라도

아무런 걱정이 없이
아무에게도 방해를 받지 않고
아무 일에도 쫓기지 않고

내 마음대로
충분히
편안하게
숙면을 취하고
실컷
늦잠까지 푹 잘 수 있도록

자유를 허락하신
하나님께 새삼 감사를 드린다

평소에 무심했던
그 행복을 느낀다

망각의 시간

햇살은
점점
여리어만 가고

한 해가 저물고
차가운 바람이 불어오니

망각의 시간이
다시
찾아온 듯

낙엽이
이리저리 흩날리고

이제는 나도
떠나가야 할 시간

겨울나무

어느덧
한 해가 저물고
쌀쌀한 바람이

앙상한 나뭇가지는

모든 추억을
낙엽에 담아

멀리
다 날려보내고

이제는
마음을 비우고

새로운 꿈을 꾸며

조용히
내일을 기다린다.

그때까지는 살고 싶다

인류는 과연
생명을 가진 세포를
만들어 낼 수 있을까

이것이 늘 나의 최대의
궁금증이다

신의 속성을 탐구하는
과학을 통하여
언젠가는 꼭 만들 것 같다

이 가정이 과연 실현될지
늘 너무나 궁금하다

인류의 생명 창조의 사건을
분명히 확인한 뒤에야
두 눈을 감고 싶다

그때까지는 살고 싶다